심종화 제3시집

별이 된 이름

─────────────────── 제3시집

별
이

된

이
름

심
종
화

심종화 제3시집
별이 된 이름

_____ 제3시집

별
이

된

이
름

심
종
화

예술의숲

엄마 생각이 간절한

촉촉했던 그녀 몸이 꾸덕꾸덕 말라가고 있다 갈라진 틈새로 흐르던 붉은 물도 엉겨 붙어 가고 있다 평생 땅이나 파다가 누군가에게 밟혔을 때야 겨우 꿈틀대보는 게 전부였던 그 맑고 순한 몸뚱어리에게 맨 처음 배웠던 기는 것밖에는 모르는 자세로 그녀의 몸을 덮으려 해보지만 그녀의 몸 어딘가에 숨어있었나 폭풍 같은 손이 돋아나 나를 밀어내고 밀어내고 나는 그녀를 따라갈 수도 없고 갈 수도 없고

— 시 「무지렁이」

2024년 10월 그날
새영 심종화

◈ 차 례 ◈

1새영
그리움을 먹는다

2새영

너에게 물들다

3새영

입술을 사랑한다

4새영

언약 하나 붙들고

5새영

아름다운 마침표

1새영
그리움을 먹는다

덮어도 덮어도 마르지 않는 그리움

사진 속 설레는 마음을 읽다

설렘이 시들시들해진 날
먼지 가득한 책상을 정리한다
지문이 다 닳아버린 앨범 속 사진에는
촌스러운 두 사람의 설렘이 박혀있다

그 설렘을 모두 거기에 두고
또 다른 설렘을 찾아 두리번거렸던 날들
설렘은 두 번 다시 찾아오지 않았다

너의 말투 너의 모습
너는 매일 새롭게 태어났는데
나의 설렘은 어디로 달아났는지

어제의 너를 보내고
내일의 너를 맞이하여
매일 새로운 사랑을 할 거라고
사진 속 사랑이 어린 사랑이라면
내일의 사랑은 익은 사랑일 거라고
사진 속 어린 여자의 독백이 길다

늦가을 인사

자주 저무는 시간이 찾아오자
우리의 인사도 어두워진다
건강하니?
얼굴 좀 보자

저물어 가는 시간에
저물어 가는 것끼리 모여서
저물어 가는 이야기로 저물어간다

어떻게든 살아야 할 살만한 이야기로
한때는 환하고 촘촘했으나
이젠 많이 헐거워진 자리에
너를 앉혀 보기도 하고
나를 앉혀 보기도 하다가
누가 먼저랄 것도 없이
어둠에 들여놓았던 발을 툭툭 털며
조금 남아있는 불빛 쪽을 향해
걷기 시작한다

그리움을 먹는다

들깻잎 노란 단풍이 들면
늦가을 어느 저녁이 생각난다
겹친 깻잎장아찌 떼어 밥을 싸주던

그리운 마음 들깨 가지에 걸어놓고
깻잎 단풍 몇 장 따서 실로 묶어
차곡차곡 항아리에 담는다
어머니 향기를 가둔다

어머니가 그리운 날
들기름 두른 깻잎장아찌 한 장 펴서
젖은 마음을 덮는다
덮어도 덮어도 마르지 않는 그리움이
오래 식탁을 서성인다

밥상

밥상을 차리는 일
살과 뼈를 붙이는 일이네

보리밥과 장아찌에 푹 절어서
비린 것만 찾던 비린 나이였네
밥상 위에서 숟가락이 퉁명을 떨고
빈 가방이 터덜거리며 학교 가는 길

오리길 절반을
도시락 들고 뛰어왔다 돌아가서
빈 배로 밥상 치우고 일터로 달려갈
어머니의 살과 뼈를 발라
보리밭 종달새에게 붙여 주었던 일
오래오래 내 살을 깎는 일이었네

저세상 어머니를 만나면
내 살과 뼈의 절반을 뭉텅 떼어 덧대드려도
모자라고 또 모자랄 일

지금은 내 사랑하는 이의
살과 뼈를 붙이는 일이 더 급한
참 철딱서니 하나 없는 딸년이네

늙음에 대하여

너무 오래 부려 먹었다
내 몸이면서 내 것이 아닌 것
내 것인 양 마음대로 부려 먹었다

한 마디 불평 없던 순하디순한 것이
반란을 일으킨다

처음엔 눈이 나 홀로 시위하더니
요즘은 삐걱거리는 삭은 소리를 구호로 외치며
여럿 반란의 대열에 합류한다

타협은 물 건너갔다
이제는 내 몸의 주인이 되어
나를 부리고 산다

그나마 너그러운 마음이
보고 듣고 걷게 한다

역을 잃다

희뿌연 어둠을 몸에 바르고 큰 병원 가는 길
쓰디쓴 알약 같은 생각만 동동거렸다

매듭 같은 지하철 8호선
끊어진 필름은 두려운 색채로 다가와
깜깜해진 나를 꺼내 잠실에 내려놓았다

누에가 한 올 한 올 짜다 흩트린
실타래에 발이 엉켰나

잠실에서 몇 잠을 더 자야
아늑한 고치 집 하나 지어서
우화를 꿈꿀 수 있으려나

하얘진 머리로 비틀거렸던 잠실역

풀어진 긴장을 태운 시외버스 안
헝클어진 한나절을 북에 감는데
잠시 나를 떠났던 내가
창문에서 멀거니 저를 바라보고 있다

달팽이관

소리로 짜인 관이 있다
두 바퀴 반을 빙빙 돌아야
마침내 도달하는 관
그 속에 소리가 산다

개미의 숨이 턱에 닿는 소리
나비의 실타래 감는 소리
우물의 깊고 검은 한숨 소리
소가 순한 말을 되새김질하는 소리

그 환하던 소리가 어느 날 뒷짐 지고
벽을 박박 긁어 대는 이명
긁을수록 관은 더 문을 닫아걸고
고요 외에는 어느 소리도 들리지 않았다

소리가 살아야 사는 관
소리가 떠나자 관은 스스로
고요를 묻고 촘촘한 못질을 해버렸다
이따금 달그락거리는 눈물방울 보인다

팔월을 보내고

이렇게 가는 것을
이렇게 가고 마는 것을

미운 여자 쫓아내지 못해 안달 난
못된 사내처럼 굴었는지
팔월 뒤꿈치만 봐도 열화가 치밀었었는지

떠날 때를 아는 여자가
빨간 눈으로 며칠 밤새워가며
속옷과 양말
사계절을 반듯하게 개켜
서랍 칸칸이 슬픔을 쟁여두고
냉장고 문 앞에서 오래 서성이다가
써 붙이고 간 얼룩진 필체처럼

얼룩 물든 사과 한 알에
벌레가 기어가듯
삐뚤삐뚤 붙어 있는 팔월의 필체에
구월의 눈이 붉다

단풍잎

가을이면 산을 찾아
단풍 구경을 간다

누구는 단풍 모습만 보고
누구는 질문 하나 담아 온다

어떻게 져야 아름다운지

어떤 몸짓과
어떤 언어로 살아야
고운 물이 드는지

단풍 보듯
내 마지막도 저랬으면 하고

늙은 호박

엉덩이 무겁기로 소문난
저 여자
질긴 엉덩이 힘으로
땅 한 자락 깔고 앉은 곳이
평생이 되었다

엉덩이 질기지 못한 것들
이웃집 담장이나 넘보고
오르지 못할 나무에 매달려 바둥거리다가
도시란 진열대 위에 헤프게 뒹굴 때도
엉덩이 한번 들썩이지 않고
외눈 한번 꿈쩍 않던
저 여자

평생 고향 붙박이로 익어 가신 어머니
담장 아래 다소곳이 앉아 계신다

치매

엄마라는 이름을 맨 처음 가르쳐 준 사람

세상에 그 많고 많은 말 중에
내가 제일 많이 불렀던 이름
엄마

그 엄마가
나를 엄마라고 부른다

하늘이 쿵 내려앉는다

엄마라는 말 얼마나 더 들어야
내 이름을 불러주실까

그리운 목소리

차르륵 차르륵
들깨를 털고 있으면
깻단 뒤에서
수건 두른 어머니가 걸어 나오신다
들기름 듬뿍 두른 애호박부침개
쟁반 가득 부쳐 들고

들깨 털던 막대기 입 향하다
깨알 위에 그리는 어머니 얼굴
그리운 목소리는 어디에다 그릴까

어머니라는 이름

어머니가 되고서야
세상에 나무들이 어머니라는 걸 알게 되었다
나무를 끌어안고 울다가
나무속으로 걸어 들어가고 나서
여자라는 이름을 버릴 줄 알게 되었다

어머니가 되고서야
강물이 어머니라는 것도 알게 되었다
강물을 따라 울며 걷다가
물속으로 걸어 들어가
어머니라는 이름을 찾아와야 하는지도 알게 되었다

문고리

오래된 집의 문고리가 떨어졌다
하루에도 몇 번 벽 너머 세상 열어주던
어머니의 손이 떨어졌다
삭아버린 가슴이 뻥 뚫려있다

어린 날 아버지는 늘 높은 벽이었다
어머니 등 뒤에서 주문만 외는
나는 키 작은 참새였다
감나무 우듬지에 올라 홍시 따듯
아슬아슬 학비나 용돈 건네주던
어머니 손이 떨어져 나갔다
이제 벽이 되어버린 문 붙들고
벽 너머 세상 혼자 걸어가야 한다

가을 사랑

봄 여름을 함께 보낸 우리는
사랑이란 서툰 포장지에 싸여
익어도 설익은 척 속만 물들어 간다

이 가을엔 솔직해져도 좋은 계절
티끌 하나 없는 마음자리에 너를 앉히고
함께 물들어 가자고 고백해도
단풍 물든 얼굴조차
죄가 되지 않을 것 같은

그래 지금은 가을이다
사랑하기에 좋은 계절이다
고백해도 부끄럽지 않은 계절이다
그것이 설령 혼자만의 사랑이라 할지라도

참깨를 볶으며

참깨를 볶아보니 알겠다
사는 일이
참깨 볶는 것처럼 쉽지 않다는 걸

어려서는 공부에게
자라서는 일과 사랑에게
결혼해서는 남편과 자식에게
달달달 볶이지 않았다면
날 것 같은 비린 인생이었을 터
타지 않을 만큼 볶인 덕에
삶에 고소한 맛도 찾은 거 같다

그까짓 것 사는 게 뭐라고
볶이지 않으려
몸 잔뜩 사리고 있었는지

참깨를 볶아보니 알겠다
지글지글 끓는 삶의 불판 위에서
어떻게 볶아져야 잘 익어 간다는 걸

복날

푹푹 쪄대는 삼계탕집에서
벼슬 축 늘어뜨린 닭처럼
구구거리고 앉아
복을 기다린다

삼복에 걷기조차 귀찮다는 듯
제 발은 떼서 포장마차에 진상하고

찰밥에 대추 밤 인삼 먹어 부른 배
여봐란듯이 쑤욱 내밀고
펄펄 끓는 열탕 속에 다리 꼬고 누워서

뻘뻘 땀 흘리는 내게
얼굴 없는 목소리 하나 툭 건너온다

어때? 너도 시원하지 시원하지?

장마

오늘도 몸집 키우던 비는
온 집안을 점령하고
눅눅한 몸을 옷장 속에 숨기고 있다

도망치듯 나온 거리에는
온통 먹구름 낀 우중충한 얼굴들
툭 건드리기만 해도 장대비를 퍼부을 기세다

마르지 않는 마음으로
마음은 떠내려가지 않았느냐고
찔끔찔끔 물어오는 안부

길을 묻지도 않고 달려오는 저 비처럼
너에게로 달려가던 내 마음도
이쯤에서 멎어야 한다고
송곳 같은 빗소리를 뽑아 들고
안녕을 후벼 파고 있다

빗소리를 뽑아 들고

비의 발소리가
밥물처럼 자작자작 졸아드는 오후
한 사람이 한 사람을 눕히고
원숭이처럼 서로의 머리털을 고른다

무릎베개를 베고 누운 그가
마악 혼곤한 잠에 빠져들려 할 때

어머나 당신
새치가 스무 개나 늘었네

그녀가 뽑아 든 따끔거리는 숫자가
그의 잠을 찡그리게 한다
언젠가 긁었던 스무 개의 바가지가
그의 머리 위에 허옇게 씌워졌나

미안한 몸이 공처럼
그의 흰 이마 위로 굴러가는데
그는 아니라는 듯 아니라는 듯
새치 받아 든 손을 오므리고
이내 코를 골고 있다

2새영

너에게 물들다

열 손톱에 꽃물 들여 주던 사람

너에게 물들다

봉숭아꽃을 보면
열 손톱에 꽃물 들여주던 사람 생각난다

"첫눈 올 때까지 지우지 마"
그 말이 나를 물들였다

밤사이 그 꽃잎 날아갈까
두 손조차 잠들지 못하던 밤

손톱보다 가슴이 먼저 물들어
너의 발소리에도 괜히 붉어지곤 했다

물들였던 손톱이야
첫눈 올 때쯤 지워져 갔지만

네게 물들은 가슴은
지금도 지워지지 않고 있다

봄비 · 1

마지막 잎새처럼
뚝 떨어지는 일거리
일거리 잃은 밥솥은 말라가고
앞뜰에 꽃나무도 배가 홀쭉해져 간다

허기의 냄새가 풀풀 나는 집안으로
봄이 비를 데리고 오던 날
내가 할 수 있는 일은
다디단 꽃의 입을 훔쳐보는 것이 전부였다

시든 방안으로 밤새 날아오던
꽃의 싱싱한 웃음소리

그때 나는
처음으로 꽃이 되고 싶었다

봄비 · 2

초록 비 한 줄 금 지나가는 텃밭
마늘밭 덮은 왕겨
사각사각 비 먹는 소리

작년 늦가을 묻어둔 마늘씨
초록 물들어 반 뼘씩 돋아나고
널 향한 그리움이 한 뼘 더 자란
나는
까치발 뜨고 문밖 서성이고

한끼

끼니를 때운다는 말
뚫린 구멍을 땜질하듯
무진 슬픈 말이라

명절 같은 날
식당은 며칠씩 잠이 들고

이도 저도 한끼 마주할 사람은 없고
가랑잎처럼 버석거리는 나를 앉혀 놓고
한끼를 때운다
서로 외롭다고 쓸쓸하다고
찬밥 한 덩이 건네며

구멍 나려던 밥통을
가까스로 때운다

것 같아요

언제부턴가
말의 표정이 바뀌고 있다
당당하던 말의 꼬리가 축 쳐져있다
누군가로부터 질문의 화살이 날아오면
피하기 급급하다
'그런 것 같아요'
'맞는 것 같아요'
– 같다는 말
이 어정쩡하고 두루뭉술한
말의 표정이 자못 궁금하다

푸르지도 붉지도 않은
얼룩 물든 대추처럼 둥근 말로
나도 한마디 한다
그대는 시인이오?
아닌 것 같아요

시소

낮선 놀이터의 시소 위에서
나는 너무 가벼운 몸
네 마음 무게에
내 키를 맞추는 건
내가 배운 이 동네 시소의 공식

아무리 발을 구르고 맘을 맞춰도
네 쪽으로만 기울고
허공에서 두 발을 두드려도
너는 꿈쩍도 않고

어둑해져 겨우 맘이 맞으려는 순간
너는 일어서 버리고
나는 낙하되고 마는

이것이 끝내 평형을 이룰 수 없는
이 동네 시소의 공식

부추꽃

여름도 한물 잘려 나간 텃밭
한 평 부추밭이 온통 꽃이다
푸른 몸뚱이 한 뼘 내밀 새도 없이
뭉텅뭉텅 잘라먹고 또 잘라 먹어도
언제 그랬냐는 듯
하얗게 웃는다

텃밭 같은 세상
푸른 꿈 수없이 잘리고 잘려도
다시는 꽃 피울 수 없을 거라고
절망하지 않기로 했다
한 평 부추밭에서 희망을 본다

슬픔 말리기

내가 눈떴을 때 당신은 눈을 감았고
우리 사이엔 슬픔이라는 낯선 이름이
축축한 문장으로 누워있었다

나는 오늘도 슬픔을 말리려고
삶이 꿈틀거리는 시장을 걸었으나
찬거리를 사는 당신에 뒷모습만 보인다

명랑했던 우리들의 사진을 꺼내 봐도
어느새 배경은 흐려진다
너무 오래 슬픔과 살았다

이 가을엔
하늘 높이 슬픔을 걸어놓고
아주 가끔씩만 올려봐야겠다
당신도 내가 명랑해지길 바랄 테니까

보풀

늙은 스웨터에 보풀이 생겼다
보풀은 혼자서는 생기지 않는다
누군가와 부대끼며 살았다는 것이다

네가 내 곁을
내가 네 곁을
그냥 지나치지 않고
가만가만 스쳤다는 흔적인 것이다
그 손길을 오래도록 기억하는 것이다

칡꽃

너에게로 가는 길이
눈멀고 귀 닫고
덩굴손 하나로 기어가서
마중도 없는 너의 손을 잡는 일이었네

둘이 되어 가는 길이
허공에 줄 하나 걸어놓고
우리라는 집 한 칸 지어서
세상살이 몇 들이다가
꽃 하나 피우는 일이었네

그사이 꽃 핀 줄도 모르다가
질 때쯤에야 겨우 눈치채는 일이었네

칼집

여기 집 부자가 있다
도마 위에 난 수많은 터
칼의 집이다

오늘도 난폭한 칼 앞에
순순히 등을 내주는 도마
칼은 시퍼렇게 벼린 날을 휘두르며
생선 머리를 따고
고기를 잘게 다지며
몇 채의 집을 늘리는 중이다

도마 한가운데 움푹 팬 자리
칼이 은밀히 드나드는 집이다

도마의 애원에도
집수를 늘리는 데만 골똘한 칼
내일도 도마의 등은 칼집투성이가 될 것이다
칼의 욕심이 무뎌질 때를 기다리는
도마의 눈물로 싱크대 한쪽이 축축하다

두 번의 만남 그리고 이별

나는 지금
슬픔의 무게와 허기의 무게를 재느라
저울의 눈금을 골똘히 보고 있는 중이다

시흥장례식장 301호
한 줌의 재가 된 적멸의 무게 앞에서
허겁지겁 뛰어온 허기를
차마 밀어내지 못하고
조문 온 문상객처럼 맞았다는 그녀

수저 부딪치는 소리로 왔던
문상객이 돌아간 후
그녀의 슬픔도 조금 가벼워졌는지
동굴 속 같던 장례식장이 잠시 환해졌다

얼룩

세탁할 옷에는 얼룩 묻은 옷이 많다
김칫국물이나 커피 같은
어쩌다 흘린 몇 점의 자국을
얼룩 제거제로 지우다가
내 안에 묻어있는 오래된 얼룩을 본다

청춘의 뒷골목에서 묻었던
철없는 얼룩 한 점에게
세제 한 스푼 먹이는 아침
구름 한 점 없는 하늘이 맑다

얼룩이라고 다 지우고 싶은 것은 아니다

첫사랑 분홍빛 얼룩은 오래 봐도 아름답고
붉은 노을로 얼룩진 하늘은 언제 봐도 곱다
그러나 오래 함께 한
그대라는 이름의 얼룩이 제일 아름답고 곱다

담배 사랑

자욱한 연기 속에서
어느 사내의 순애보를 읽는다
열여섯 호기심이 키운
그 사랑 오십 년이라 했다

온 집안이 기침을 하고 각혈하던 날
폐암이라는 선물이 도착했다
항암이나 방사선을 만나러 갈 때도
손잡고 데이트를 즐겼다는 사람
그 사랑을 뭐라고 불러야 하나

참, 사랑 그거
인이 박인 독한 사랑이다
아무리 죽을 만큼 사랑했더라도
때론 끊어야 하는 사랑도 있는 것이다

사라진 미소

어느 봉사 단체에서 나와
영정사진을 찍어준다
미소는 어두운 표정 밖으로 밀려나는데
사진사는 봄 같은 미소를 주문한다
액자의 테두리 속에 갇혀
달아나지도 못할 표정이 연출된다
표정을 이리저리 주물러 봐도
방긋한 미소 한 조각 빚을 수 없다
국화 앞에 세워질 미소는 완성되기도 전에
찰칵
사후에 표정이 완성되었다
산이나 강에 벗어놓고 갈
긴 생애 한 문장이 표정 하나로 압축되었다
검은 액자 속에 가장 잘 어울리는
말문이 콱 막힌 표정이다

방어회

동해의 파도 열두 자를 쓰윽 베어다가
가둬 둔 산속 파도 횟집
파도는 잠들고 방어 혼자 눈을 뜨고 있다
방어회를 시키자
가지런한 살점 위로 머리가 얹혀 나온다
물속에서의 비린 삶은 잘 방어했으나
물 밖에서의 죽음은 방어하지 못하고
죽어서도 죽지 않은 입을 빼끔빼끔 거리고 있다
소리는 가고 비명만 살아 제 살점을 파고든다
저 소리 없는 비명을
푸른 살점 하나 세워 들고
초장 접시에 받아 적는데
이슬에 젖어 비틀거리는 목소리 하나
툭 건너온다

우려내다

시를 쓴다는 일
사골을 우려내듯
언어를 우려내는 일이다
풋내나는 언어의 날것들을
말캉말캉 흐물흐물해질 때까지
위에 뜨는 불순물은 걷어내고
뭉근하게 졸이고 졸여가다 보면
마침내 뽀얗게 우려져 나오는 곰국 같은 시
누군가 두 손에 받쳐 들고
거참 진국이다 하며
한 그릇 맛있게 비워내듯
진국 같은 한 그릇의 시를 위해
오늘도 언어를 우려내고 있다

잠 대신 그리움이 왔다

잠을 몽땅 잃어버린 밤
그대에게 편지를 쓴다
그대가 죽을 만큼 보고 싶다고 쓰고
내일은 꼬옥 만나야 한다고도 쓰고
눈 쌓인 산속 새 발자국을 흉내 내 보자고 쓴다
밤새운 편지 천장이나 되어서
양 천 마리에게 전해달라 하고
천개의 별에게도 전해달라고 한다
그 편지 들고 가는 양과 별이 그대에게 닿을 때
나는 아무렇지 않은 듯
퉁퉁 부은 빨간 눈으로 아침을 짓고
눈물 받아 설거지하고
어질러진 책상을 다독여 잠을 재운 뒤
못다 쓴 그리움을 주섬주섬 챙겨 들고 집을 나
선다

반짝여야 별이다

어제까지 반짝이던 별 하나
오늘 새벽에 몸 부르르 떤다
그 별 바라보는데 왜 눈물이 나는지
아픈 건 별인데 왜 내가 아픈지
하필이면 그 별이 새벽에 찾아 와
서늘한 검은 옷자락 보이는 것인지
서럽게 웅크린 내 가슴에 눈발 몇 뿌려주고
말없이 서 있는 것인지

오래도록 우러러보던
늙은 정인의 이마 같은 흰 별빛이여
다시 반짝여야 한다
반짝여야 한다는 새벽의 문장이 다 젖는다

3새영

입술을 사랑한다

뼈 없는 당신의 입술을 사랑한다

말의 뼈

정강이뼈 같은 말이 있다
생각은 쏙 빼고 툭 던진 말
그 말이 목에 걸려 넘어가지 않는다

나는 누군가의 목에
내 말의 뼈를 걸쳐 놓치는 안았는지
뱉어내지도 삼키지도 못하고
평생 컥컥거리는 목으로 살아야 하는

나는 뼈 있는 말을 사랑하지 않는다
물렁뼈처럼 말랑말랑한
뼈 없는 당신의 입술을 사랑한다

혀

TV에서
새끼 유기견이 먹지도 않고
죽은 어미 개를 오래오래 핥고 있다
뜨거운 혀만이 약이라는 듯

어머니 떠나보내는 사흘
개만도 못한 내 혀는
그 사흘도 못 참고
밥맛을 찾더라
젖은 모래밥 넘기고 있더라

티끌 들어간 마음
구석구석 핥아주던 어머니
내 혀 닳아 볼 수만 있다면
어머니 사랑합니다
이 말만 남기고 다 내어주겠다

탐욕의 혀가 허공 핥으며
제 자리를 찾는 밤

부리

부리로 집을 짓고
부리로 새끼를 먹여 살리는
새 부리의 힘은 강하다
새끼에게 들깨 한 알도 허투루 먹이지 않는다
내가 방앗간에서 거피를 내오듯
알맹이만 빼서 먹이는 참새의 부리는
성능 좋은 방앗간이다

들깨 한 알을 입에 넣고
새의 부리를 흉내 내 보지만
기름진 것에 쉽게 길든 나의 부리는
금세 뱉어 버리고 만다

새의 부리보다 더 단단한
스물여덟 개의 이빨을 가진
나의 부리는
남의 가슴에 피멍이나 들게 했을 뿐
내일 또 누군가의 가슴을 쪼려고
이 밤 무뎌진 부리를 다시 갈고 있는 것일까

개업이 희망이다

왁자한 먹자골목 안
죽은 고기를 팔던 정육점이 잠든 자리
싱싱 횟집이 들어선다
대문짝만하게 써 붙인 펄펄 나는 문장 하나
신장개업이다
쭈욱 늘어선 꽃들의 축하 속에는
돈 세다 잠들지 마소서!
너스레 떠는 꽃도 있다

간판에 바다를 풀어놓고 첨벙 튀어 오른 물고기
어쩌다 폐업이란 놈이 기웃거리면
한 방에 날려버릴 것만 같고
한물간 눈으로 멀뚱거리다가
잠들 일은 없을 것 같은 싱싱한 간판 속으로

인생이 부부라는 간판을
내건 사람들이
내걸 사람들이
얼굴을 마주 보며 들어가고 있다

내 아내를 빌려줄 테니

나에게도 드디어 아내가 생겼다
밥이 되다고 질다고 투정 부리던
시커먼 사내의 밥시중이나 들던 내게도
드디어 예쁜 목소리의 아내가 생겼다

오 해피 해피
온 세상 여자들 모두 일어나 아내 맞으라

안녕하세요 낭창이 입니다
취사를 시작하겠으니 당신께선
시를 쓰시던
읽으시던
아니면 콧노래를 해도 좋습니다

저 낭창낭창한 목소리의 여자를
어찌 아내로 맞지 않을 수 있으랴
나 오늘부터
내 아내 당신에게 빌려주고
룰루랄라 밖의 밥맛 보러 나가니
당신은 내 아내가 해주는
고슬고슬한 밥이나 많이 드시라

불온한 잠

식은땀으로 일어나면 아직도 12월이었다
축축하지 않은 곳이 없었다
신발을 들고 내달려도
언제나 한 자리만 맴돌 뿐
도망갈 곳은 없었다
푸르고 붉은 뱀은 날름거리며 쫓아오고
뒤꿈치 물리려는 순간 눈 뜨면
늘 목이 말랐다
초조와 불안은 한 통속이어서
하나를 떼어내려면 하나가 더 달라붙어서
결국 피를 보고서야 두 손 드는
끔찍한 어둠의 동거
날은 밝지 않은 채로 끝날 것 같은데
괜찮아라는 말로
뒤채는 잠을 예인해 줄
새벽빛 같은 사람 하나
새해엔 있었으면

눈사람

하늘은 어제 오늘
아이를 만들 수 있는 씨앗을 뿌린다
목화솜 같기도 하고 왕벚꽃 같기도 한

목화의 아이를 만들까
왕벚꽃의 아이를 만들까
자궁은 이미 가을로 달아나서
아이를 만들 수 없는 나는
아무 아이라도 좋았다
하얗게 쏟아지는 씨앗 하나 품고서
마당을 기웃거리며 순산할 자릴 찾는다
메주콩을 삶던 화덕 옆이면 좋겠어
발 시린 아이가 놀기엔

아픔은 빼고 웃음만 있는 아일 만들어야지
단단해야 각진 세상 구르는 힘이 생기지
사랑만 채우고 돌돌돌 굴린다
드디어 입꼬리가 올라가고 눈웃음 가득한
슬픔 모르는 아이 하나 낳는다
털모자를 쓴 아이가 눈 덮인 마당에서
환하게 웃는다

죽음 그 아름다운 동행

죽음은 삶보다 가까이 있었다
손을 내밀지 않아도 찾아와
발을 걸어 넘어뜨리곤 했다

어느 날은 죽음을 찾아 나서기도 했고
어느 날은 죽음에게 절반쯤 끌려가기도 했다

스물 무렵에 죽음은 오지 않는 애인 같아서
깜깜한 산속 팔 굵은 나무에게
애원하며 매달리기도 했었으나
아랫마을 불빛 쪽으로 떼밀리기만 했다

지금쯤 죽음은 어느 길목에서
두려움 버리는 연습을 하고 있을까

아름답고 우아한 모습으로 찾아와
내 그림자에 숨 거두어 가는 그날
애인과 첫 입맞춤을 하러 나가듯
황홀한 설렘으로 따라갔으면 한다

어느 늙은 아내의 밥 짓는 노래

그대 위해 밥 짓는 일이 내 일생이었지
샛푸른 날것이 곰삭아가듯
내 손맛으로 길들어 가던 그대 입맛이
우리 인연보다 더 질겼지
이제 입안에 뿌리도 다 떠나가고
잇몸으로 대신하는 저녁
얼마나 더 그대 밥을 지을까
질기고 단단한 것 골라내면서
아픔도 골라내면서
비운 그릇에 고마운 마음 비치면
밥 짓는 일도 신명 나서 힘든 줄 모르겠네
내일 또 내일 내년 또 내년
오래오래 이 일 이어지길 바라면서
주저앉은 입맛에 푸른 싹 돋게 해 주다가
그도 저도 시들어 내 손맛 뿌리치는 그날까지
그대 위해 짓는 밥에 밥물 잦아들듯
그렇게 그렇게 저물어 갔으면

백내장 수술

목련 꽃잎에 가려져 그늘만 보이던 그 사랑
오늘부터 눈동자에 담아서 다니기로 했다
흐렸던 세상이 다 환해졌다

돌의 집

좁은 산길을 오르다 돌부리에 걸려
넘어졌다
깨진 무릎 후후 불다가
저만치 나동그라진 돌을 본다
사람의 발목이나 겨우 비틀었을
돌의 부리가 축축하다

돌이 빠져나간 자리가 움푹 파여 있다
뿌리내리고 살았던 집터였을 것이다
발 다짐으로 단단해진 주위로
돌들이 옹기종기 모여 마을을 이루고 있다
낮이면 지나가는 발걸음에 맞춰 노래 부르고
밤이면 도란도란 이야기꽃도 피웠으려나

나도 한때는 저 돌처럼
한곳에 뿌리내리고 싶었으나
어쩌다 여기까지 흘러 와 산길에 서 있는지

뽑힌 구덩이에 돌을 묻어주고 오는 저녁
저도 오늘 밤은 집수리한 기념으로
이웃과 왁자한 저녁을 보낼지도 모를 일이다

식구

밥상 위로
어둠이 마악 한 발을 들여놓을 때였다
끊어진 연 같았던 셋째가
숙인 얼굴로 불쑥 들어섰다
우리는 삼 년의 안부 대신
누가 먼저랄 것도 없이
제 앞의 밥그릇을 셋째 앞으로 밀어주었다

첫눈

눈이 내린다
첫눈이 내린다
열아홉 내 하얀 생애 속으로
첫눈처럼 뛰어 들어온 사람
처음을 가장 많이 가르쳐 준 사람
첫 만남 첫 입맞춤 첫 포옹이
첫 설렘으로 다가왔다
이제는 녹지 않는 눈사람으로
가슴에 서 있는 사람

눈이 내리다가 녹는다
첫 이별처럼
이제는 달뜬 설렘보다는
첫눈이 녹기 시작할 때의 아픔을
먼저 보게 되는 나이
벌써 마음이 질척거린다

봄꽃이 겨울꽃에게

봄꽃이 겨울에 피는 것은
성급함도 망각도 아니다
다만 외롭기 때문이다

붉은 외로움이 꽃망울로 차오를 때면
시린 발로 한 계절을 절뚝이며 건너와
단 하루라도 네 곁에서 잠시 피었다

너의 눈 속에서 하르르 지고 싶은 것이다

깨졌다는 말

오늘따라 목소리가 푹 젖어있는 아이에게
늦가을 핑계를 대며
그 애하고는 잘 지내고 있는 거지?
물어보는데 깨졌어 한다

깨졌다는 말
무진 아픈 말이리
금이 가고 부서져서 피 철철 흐르는 말이리
단단한, 그 무엇보다도 더 단단한
마음에 벽에 부딪혀 깨졌다니
더 더 아픈 말이리

깨져서 아파보지 않은 나는
피 철철 흘리는 아이의 마음에
약도 되지 않는 아픈 말을 살살 발라준다
다음에 오는 사랑은 깨지지 않을 거라고

틈

몇백 년은 거뜬할 것 같은 집 벽에 금이 갔다

시멘트와 벽돌이 만났을 때
저들도 처음엔 사랑이었을 것이다
첫눈에 반해서
떨어져서는 못 산다고
죽을 때까지 찰떡같이 붙어 있자고
굳은 맹세도 했을 것이다
그러나 시샘하던 폭풍 탓이었을까
그 맹세 겨우 십 년도 못 넘기고
금이 가기 시작했다
그 틈으로 박쥐가 뜬소문을 물고 날아들자
벽은 더 벌어져 가고
서로 싸늘한 등을 보이고 있다
저 틈에 누군가 말랑말랑한 마음 하나
주물러 메꾼다면
예전처럼 찰싹 붙을 것도 같은데

이 밤도 갈라진 벽의 마음을 읽는
찬바람의 발길이 바쁘다

그리움

매미는 한 이름만
뜨겁게 부르다 간다

나도
너의 이름 부르기
저와 같았다

후회

별을 찾아서
높은 하늘만 쳐다본 적 있다

높은 몸짓만이 별을 딸 수 있다고 믿었던 시절
가난했던 우리는
까치발을 하고 목말을 태우기도 했고
사다리를 타고 오르기도 했으나
끝내 따지 못한 별

인연이 비켜 간 뒤에야 알았다
순수에 별 하나
서로의 가슴에 반짝이고 있다는 걸

언제나 후회는 한 발 뒤에 있었다

종이 인형

웃는 표정밖에 몰랐을 때
주머니에 넣고 다니며
보고 싶을 때마다 꺼내 보고 싶어 하던 너

너의 말은 뜨거웠으나 주머니는 헐렁했고
늙은 불안이 가득했다

네 주머니 속에서
넝쿨처럼 뻗어가던 기다림
싹둑싹둑 잘라내는 싸늘함으로
먼지가 되어 가던 시간

그때 우리는
자주 구겨지고 펴지던 표정으로부터
함께 도망치고 싶었는지도 모를 일

이젠 다 귀퉁이 해진 이야기
터진 솔기 사이로 날아간 웃음은 꽃이 됐을까
웃음이 바닥난 날이면
꽃에서 잃어버린 웃음을 찾아오곤 해

너의 주머니는 잘 있니?

4새영

언약 하나 붙들고

유리잔 속에서 찰랑이던 영원히라는 말

푸른 약속

영원히 널 사랑할게

유리잔 속에서 찰랑이던
영원히라는 말
깨지기 쉬운 그 푸른 언약을 붙들고
나의 발길은 비틀거리지도 못했다

마음 한복판에 쇠말뚝을 박아두고
단단하게 묶어두었던 말
그 말에 걸려 넘어질까
때론 금이 가고
산산조각 나려는 계절 앞에서
그날에 단 한 번의 맹세가
나를 버티게 했다

영원히 널 사랑할게

그 푸른 언약 하나 붙들고
비탈진 노을 길을 다 건너야 한다

떠남에 대하여

어둡다
환하던 것들이 슬금슬금 눈치를 보며
곁을 떠나고 있다

그제는 푸른 사랑이 떠났고
어제는 분꽃 같은 살이 떠났고
오늘은 강철 같은 뼈가 떠났다

내일은 곶감 빼 주듯
기억 하나 하나씩 떠나갈 것이다
모레는 어둡던 그마저도 떠나갈 것이다

절뚝이며 내게로 와
오래 머물지 못하고
쭈글쭈글한 손을 흔드는 것들이여
잘 가거라

아름다운 배웅만이 남았다

남편이 돼 봤으면

나 아내란 이름을 너무 오래 써먹었다
다 닳아 뒤꿈치까지 해진 이름
매미 허물 벗듯 훌러덩 벗어 던지고
오늘부터 남편으로 한번 살아봤으면

늘 봄 같은 아내가
별빛을 뿌려놓은 듯 반짝이는 집에서
삼시세끼 따뜻한 밥 얻어먹고
햇살 냄새 가득한 옷 받아 입고
훈훈한 잠자리 있는 밤이면
어깨도 으쓱해보고
간이 안 맞으면 투정도 부려보고
나가거나 들어올 때
꽃 같은 배웅 아니면
슬쩍 눈 꼬리도 올려보는
그런 남편으로 살아봤으면

단 하루만이라도

양말

집에 돌아오면
신발을 벗고 옷을 벗고 양말을 벗는다
언제나 한발 밀려나는 그곳에
발의 옷이 있다

아침이면
얼굴에게 옷을 입히고
몸에게 옷을 입히고
마지막으로 발에게 옷을 입힌다

발을 끌고 다니는 신발에 대하여
매번 경의를 표하지만
발과 신발 사이에서 갇혀있던
발의 옷에 대하여
얼마나 젖은 하루였는지
단 한 번도 물어본 적 없다

돌돌 말려 휙 집어 던진
발의 젖은 옷을 붙들고
오늘에서야 두 눈이 젖는다

옛집

무덤이 된 집에
술 몇 잔 올리고 왔습니다

사대가 깨 볶듯 살던 날 있었습니다

주춧돌이었던 할아버지
먼저 선산에 터 닦으시고
대들보였던 아버지와
사철 따순 아궁이였던 어머니
몇 해 전 선산 집으로 이사 가시고
서까래였던 장남마저 서둘러 떠난 뒤
깨진 기왓장 같은 조카들도 떠나고
줄 끊어진 두레박 같은 나는
거미줄처럼 끈끈한 추억 한가득 싸 들고 와
밤새 풀어보며 울었습니다

못다 푼 추억은 가슴에 묻고
술 몇 잔 올렸습니다

아카시아 꽃잎 진 뒤에

하루에도 두어 번 마을 길 돌던
둥그런 두 발의 노인
아카시아 향기 따라서 가 버렸나
며칠 토옹 보이지 않는다

담 밖에서 까치발 뜨고 부르던 장미
월담해 바라다본 마당에는
둥그런 두 발만 하늘을 달리고
쓰러져 있는 나뭇둥걸을
개망초 조막손 혼자 일으켜 세우고 있다
흰 접시꽃은 수북이 접시 쌓은 채
목 쭈욱 빼 아들 기다리고
초롱꽃은 조등을 내걸고

남은 몸이라도 성해야
자식 고생 덜 시킨다던 그 말
뻐꾸기 울음에 실려 오고
장미에 붉은 곡소리가 마을을 깨우고 있다

첫사랑 · 1

쉬는 시간 되면
딱지치기하는 남자아이들
어깨너머 바라보는 하얀 얼굴 하나
그 아이 딱지 넘어가면 내 마음도 넘어가고
그 아이 딱지 넘기면 웃음이 나왔다

그 아이 전학 가는 날
전과 찢어 밤새 접은 딱지
남몰래 가방에 넣을 때 내 마음도 함께 넣었다
따악 딱 교실 바닥 비명을 질러도
내 눈은 교문 밖만 교문 밖만 바라보았다

첫사랑 · 2

야생화가 가득 피어있는 공원
꽃을 꺾지 마시오
팻말을 목에 건 울타리가 쳐져 있다

아무도 모르게
한 송이 꺾어
화병에 꽂아 품는다

너 였 다

텃밭에 여름

소낙비 겅중겅중 뛰어오다 멈춘 텃밭
고추꽃 오종종 오종종 피어나고
참깨꽃 팔베개 베고 누운 바랭이
우렁찬 하품 소리에
별 총총 내려앉은 방울토마토
귓불 빨개져 숨어버리고
개똥참외 노란 가슴 쓸어내린다

쓰르람 맴맴 쓰르람 맴맴
여름 몰고 오는 쓰르라미 울음에
못다 큰 옥수수도 제 키를 쑤욱 뽑는다

잠 못 드는 밤

무논에 합창단원 뽑는 포스터 붙으면
저마다 목소리 한 자락 끌고 모여드는
검은 방랑자들
화음을 맞추는 중인지
낯선 음계 하나 툭 튀어나와
긴장하던 신경 줄 탁 끊어놓는다

이제 모든 연습 끝낸 그들의 노래가
막 시작되었다
와글와글 와글와글
와글와글 와글 와글와글

천상의 하모니가 들판을 달려와
잠시 살찌우던 고요를 화들짝 깨운다

가을 소리

자근자근 찡고기 다지는 소리
또닥또닥 떡가래 써는 소리
와랑와랑 벼 훑는 소리
포르르 포르르 흩어지는 잠
집안에는 호롱 꽃불 환하게 피어났다

사랑채 뜰에 서면
호롱 불빛에 너울대는 실루엣
돌아가는 탈곡기 따라 와랑 소리 목청 돋우고
꿈 이루듯 벼 낟가리 높아져 갔다
봄 여름내 무논에 발목 담근
벼들의 영혼이 지어 올린 생 떡국 한 솥
온 마을 아침 배불러 오는 시간

시오리 걸어 학교 가는 길
미루나무 큰 키 잡고 따라오던 와랑 소리
가을은 탈곡기 소리를 밟고 온다

품다

장날 사다 꽂은 고구마 싹 몇 단
가문 밭을 기어다니며
한여름 무성 터니
메꽃이듯 연분홍 꽃밭 되었다

무서리 내리기 전 고구마를 캔다
고구마가 걸어간 길을 따라 걷는다
깨진 유리병의 날카로운 이빨을 품고
크고 작은 돌멩이와 풀뿌리를 품고
구불구불 걸어간 고구마처럼

반듯한 길을 걸어온 사람보다
이웃을 품고 상처를 품고
구부러진 길을 걸어온 사람은
소나비 같은 젖은 생을 만나도
금세 메꽃 같은 웃음을 짓는다

서리 내린 뒤에

풀숲에 늙은 호박 하나
지난밤 된서리에 푹 삶아져 있다
힘줄만 남은 억센 손도 축 늘어져 있다
밤새 사시나무처럼 떨었는지
칼도 들지 않는 몸이 물컹하다
뱃속에는 달을 다 채운 듯 옹골진 씨앗들
붉은 강보에 싸여있다
새끼들을 꺼낸다
마지막 새끼까지 받아내자
그제야 땅바닥에 몸 누이는 호박

된서리가 싸늘한 등을 풀고 있다

가을여행

가을에는
내 마음도 붉어라
아름다운 마음 하나
만나고 싶어라

붉은 홍시 차창에 기대어
별 같은 눈 바라보며
한없이 달리고 싶어라
어딘들 어떠랴
그믐 같은 열차에서 내릴 때
너와 나
단풍 물들면

그뿐······

쭉정이의 노래

가을이 저무는 들판
알곡들 따스한 광으로 걸어 들어간 지도 오래
속 덜 찬 것이라고 내쫓긴 소박데기
추운 벌판에 웅크리고 앉아
찬밥 한 덩이 떡 먹듯,
숨 가쁜 취업 준비생이듯,
철봉 틀에 매달려 턱걸이하듯,
벌벌 떨고 있는 쭉정이들

늦가을 볕은 인심마저 사나워
하루걸러 하늘 비 내리꽂는데
그래도 늦지 않았다고
여물 꿈꾸고 있는 쭉정이들

언제쯤 뽑혀갈까
알곡만 쏙쏙 뽑아가는 세상에서
오늘의 쭉정이들은

둥근 말

호박죽을 끓인다

생의 모서리에 마음 찔려
퉁퉁 부어오른 날
호박죽을 끓인다
이도 들지 않는 껍질 벗기면
달큰한 속내 풀어지듯

모나지 않은 사람 몇 불러
호호 상처 불어가며
둥글둥글한 말 몇 마디 먹다 보면
어느새 마음에 부기도 빠져나가고
세상 바라보는 일
그만큼 또 둥글둥글해진다

꽃일기

누구일까
일기장 속에 묻어둔 이름 풀어 놓은 이는

그리운 목소리에 달려 나가면
너는 논두렁에 꽃다지로 앉아 있고
너는 개울가에서 버들피리 불고 있다

봄이면 묻어 두었던 이름들
예쁜 꽃으로 피어나
자꾸만 밖으로 불러낸다

누구일까
저 건너 오솔길에서
날 부르는 붉은 얼굴은

복사꽃 그늘

사월 문을 열고
소여리 들어서면
어머니 분홍치마 열두 폭
펼쳐 놓은 듯 펼쳐 놓은 듯
온 마을 환하고
꽃 따는 여인 볼에도
연분홍 꽃물 들었다

야트막한 뒷동산에
복상 나무 몇 그루
어머니 치마폭 베고 누운 듯 자는 듯
나 돌아가는 날
딱 이맘때
복사꽃 두어 평 그늘이었음 한다

꽃밥

입맛 달아난 봄날
찬밥 한 덩이
고추장 한 숟가락 들고
들판에 나가 앉았다
미루나무에 앉은 햇살 몇 이파리
제비꽃 민들레꽃 한 숟가락
미나리아재비꽃 황새냉이꽃 한 종지
생강꽃 복사꽃 한 사발에
새소리 솔솔 뿌리고
졸졸 시냇물 소리 두어 방울 쳐서
나비와 함께 먹는 꽃밥
그대가 없어도 참 맛있다

5새영

아름다운 마침표

사는 길을 거닐며 물음표 떼어내면

제비꽃

사랑하는 이여
사랑에 물음표 생기거든
넓은 바다 높은 산만 보지 말고
들길도 걸어보렴
허리를 낮추고 보면
풀숲에 쬐그만 보라 꽃
너처럼 물음표 달고 있지
사랑은 허리를 낮추는 일
물음표 맞물린 꽃반지 엮어
사랑을 묶어보렴
아름다운 마침표로 찍힐 거야
사는 길을 거닐며
물음표 떼어내면
마침표가 반길 거야

네잎클로버

절망이라는 늪에 빠졌을 때
네잎클로버를 찾아 나섰다
어디 있을까
더 절망하던 어느 날

어느 시인들의 모임에서
선물처럼 날아온 네잎클로버
나보다 더 일찍 절망의 늪에 빠졌던 그가
남을 주려 찾으니 쉽게 보이더라며 웃음꽃 피우
던 시인

내 행운만 잡으려던 마음
얼마나 더 자라야
남의 몫까지 빌어줄는지

나보다 더 남을 생각하는
그를 만난 것이 참 행운이었다

비빔밥

여름도 기울어 가는 날
돌밭에 엉겅퀴처럼 툭툭 가시 불거진
사람들 모아 비빔밥 해 먹이고 싶다

세상은 비빔밥처럼 서로 잘 섞여
하나가 된 것 같아도
더러는 센 고사리처럼 겉도는 이도 있어

나물과 참기름 고추장이
서로의 맛을 내어주고 어우러져 비빔밥 되듯
가시를 잘라낸 마음이 모여
얼굴 맞대고 숟가락 부딪쳐가며
비빔밥 먹는 모습 보고 싶다

권연벌레

방안을 기어가는 쥐똥 같은 벌레 한 마리
잡기도 전에 죽은 척 꿈쩍 않는다
딱딱한 공포를 고요에 말아 넣고서

죽음을 가장한 위장술이 내게도 있었다
피 마르고 살 마르는 삶의 길 위에서
납작 엎드리고 죽은 척하며 여기까지 온
그 덕에 싱싱한 삶의 맛을 보고 있는

죽음을 가까스로 비켜 간 저 벌레
죽을 둥 살 둥 기어간다
그것만이 최선이라는 듯
뒤도 안 돌아보고 간다

처서

어젯밤 열려있는 창문으로
누군가 다녀갔다

투정 부리는 어린 잠을 부채질로 재우던
어머니의 고운 손길처럼
선들선들 불어오는 바람
못다 잔 여름잠을 숙제라도 하듯
밀린 잠이 한꺼번에 쏟아졌다

말갛게 잠이 헹구어진 새벽녘
창문으로 빠르게 빠져나가는
푸른 옷자락의 실루엣

여름내 창가에서 땀 흘리던
제라늄꽃이 귓속말을 한다
어린 가을이 다녀갔다고

낙엽

봄 여름 내내
차마 잎도 돋아나지 못한
그 말
사랑해
수없이 썼다 지웠던 엽서
이 가을에 띄웁니다
그대 발밑에 도착하거든
부디 한 장이라도 읽어주세요

귀뚜라미

슬픈 울음소리에
밤새 잠을 데려오지 못했다
목쉬겠다
그만 울어라
못 보면 죽을 것 같던 사랑도
언젠가는 다 지나간단다
눈 좀 붙이거라
오늘 밤은 내가 대신 울어줄게

철거

들깨를 벤다
시퍼런 낫이 지나갔다

낫에 매달려 우는 놈
다리를 붙들고 우는 놈
무너진 집터에 앉아 우는 놈
벌레들 통곡 소리에 들깨 향도 숨는다

저 앞 허물어져 가는 황금 들녘
벌레들의 피난 행렬이 길다

낙지탕탕이

달아난 입맛을 불러오고
죽은 소도 벌떡 일으킨다는
그를 만나러 서산 파도 횟집을 간다

낙지탕탕이를 시키자
절단된 바다의 다리들이
접시 위에서 헤엄을 치고 있다

그도 아픈 식솔의 밥을 찾아
바다 구석구석을 유영하다가
어쩌다 이곳까지 흘러왔을지도 모를 일

간절한 발짓 하나 떼어 입에 넣으니
갯벌인 듯 파고든다
성치 않은 다리 반 토막으로
펄 속에 집을 찾아 한참을 헤매다가

이제는 쉬었다 갈 시간이라는 듯
절뚝이던 다리를 편다

생강편

얇게 저민 생강
설탕 넣고 졸인다
매움 덜어내고 설탕 뒤집어쓴 생강 맛
설탕도 아니고 생강도 아니다
생강편처럼
나 네 속에 오래 깃들었으니
나도 참 내가 아닐 것
너 또한 내 그릇에 오래 담겼으니
모양 또한 많이 변했겠다
시들시들한 가을 옆에 생강편 말라가고
억새 뒤척이는 소리 세월을 알린다

이명

내 귓속에는
몇백 년쯤 되는 나무가 살고 있나 보다
세상에 매미란 매미 다 모여들어
한 트렁크씩의 울음을 주유하고 있다
그 울음 다 쟁여두기엔
내 귀 평수는 너무 좁고
난해한 소리 풀어내는 밤은 짧기만 하다

어쩌면 내게만 들려줄 사연 있는 것도 같아
오늘 밤에는 구기자차라도 마주 놓고
그 사연 들어볼까 한다

보호색

열흘 전에 심어놓은 배추
나비처럼 나풀거리던 잎이
온통 구멍투성이다

어느 것이 배추인지 벌레인지
쪼그려 앉은 다리에 뿌리가 내리고
벌레 잡는 눈에 초록 물이 든다

세상은 어떤 색깔일까
나는 얼마나 더 물들어야
배춧잎에 물든 벌레처럼 푸르게 되려는지
아직도 세상 빛에 물들지 못한 채
금방이라도 잡힐 듯 잡힐 듯
툭 튀는 색깔

오늘도 세상 안으로 한발 들여놓고
물감 섞어 색칠하는 손이 떨린다

백야 호수

뜬구름 잡는 일도
헛발품 파는 일도
다 시들해졌네
어디 백야 물빛 닮은 이 있거든
나 당장에라도 첨벙 뛰어들겠네
오래전 수몰된 방 한 칸 얻어들어
그와 물처럼 살고 싶네
얽히고설킨 질긴 인연
먼 산발치에 묻어두고
푸른 물에 싱싱한 비늘 퍼덕이다가
가문 날
어느 마른 논으로 흘러가
마침내 물이 되겠네

금왕 장날

금왕 장날이면
철물점 앞 한 귀퉁이에 더덕 파는 할머니
삶의 향기 진득진득 묻혀가며
좌판에서 늙어버린 세월 벗겨내듯
더덕 주름 벗겨내고 있다
한때는 더덕 넝쿨 같은 푸른 생도 있었으나
시장바닥 벗어나지 못하는 더덕 향처럼
어쩌다 꿈마저 좌판에 묶였으리라

더덕의 뽀얀 속살 같은
할머니 웃음 한 바구니 사 들고
돌아오는 발길 가볍다

시 종자

황무지 같은 마음 땅에
종교를 심을까
시를 심을까
씨종자 고르듯
시 종자를 찾아온 그녀가
소녀적 여리고추 같은 타령을 한다
그때 시인을 만났더라면
결혼에 발목까지 잡혔더라면
얼마나 끔찍했겠느냐고
파도 아니고 양파를 다듬는 것도 아닌
시어를 다듬느라고
그 머릿속은 얼마나 매웠겠냐고
매운 머릿속 가라앉히느라 맹물 퍼 나르는
나는 또 얼마나 뱅뱅 돌았겠냐고
도는 듯 안도는 듯 바람개비 같은
그녀 말이 시다
다 시다

나무 의자

고향 숲속에 직립의 몸으로 서 있을 때
내 꿈은 시인의 의자가 되는 거였다
질긴 엉덩이 힘으로 나를 깔고 앉아
내가 들려주는 이야기에 귀 기울이기 바랐다
수백 년 동안 내 무늬에 그려 넣었던
하늘 해 별 달의 빛과
새들의 음절
꽃을 쫓던 나비의 긴 실타래
끝 모를 바람과 물의 울림
그대로만 받아 적어라

내 무늬가 옅어지긴 전에
질기지 못한 엉덩이 시인이여!

650번 첫차

졸린 눈 비비고 읍내를 출발한 첫차
새벽을 태우고 혼자 달린다
음성중학교와 남신초등학교를 지나
삼십오 리 산마을을 돌아 다시 오는 길
소여리 주유소도 눈을 뜨고 잠든 시간
인기척 없는 정거장엔
오늘도 설익은 바람 소리뿐
먹먹해진 버스는 멀리서부터
괜히 비상등 눈을 깜빡여 보기도 한다

한때는
아이들의 웃음과 꿈을 태우고
덜 삼킨 새벽밥의 졸음도 태우고
신명 나서 몇 정거장 돌다 보면
어느새 학교 앞에 먼저 도착해 있던 아침
오늘은 늙은 새벽이 혼자 와서
학교 앞을 어슬렁거리고 있고
보호할 아이들도 없는 보호 구역에선
빨간불이 초조한 눈을 뜬다

11월의 소여리

볏짚 태운 연기
산허리 휘감고 풀어주지 않는 새벽
산 아랫마을은 오랜만에 늦잠이 들었고
밤새 불 밝히던 까치감 졸고 있는 마을 지나 들
녘에 서면
바라보는 것 모두 가벼워지고 있습니다

바스러질 듯 언 풀을 밟고 가는 발이 아픕니다
벼 그루터기엔 눈물 그렁그렁하고
작은 배추 몇 몸 웅크리고 있습니다
과수원 나무에 사과 한 알
아픈 팔이 눈에 밟히고
늙은 은행나무 아래 노란 도랑물이 흐르는
눈물겹도록 아름다운 소여리
그 길을 밟고 그대 내게로 오십시오

소여리

나
서울에서 끌고 내려온 희망의 짐
못 풀고 있다

아이들아!
목 놓아 불러도
이 빠지고 절뚝거리는 마을에선
대답이 없다

도시의 학교 운동장에서 뛰어다니는 웃음
한 바가지 담아와 마을 논밭에 뿌릴까

아이들 웃음 피어나면 못다 푼 짐 마저 풀고
이 마을에 아이 낳아주고 싶다
병들어 누운 마을 끌어안고
별 같은 아이 만들어
잠조차 빼앗겨 동터 오기만 기다리는
무릎에 안기고 싶다

〈跋文〉 심종화 3집 「별이 된 이름」

고독한 그리움
- 별이 된 이름

증재록 한국문인협회홍보위원

1. 그리움을 꺼낸다

한 해가 저물어 가면서 갈잎 서걱이는 길목을
따라가면 한남금북정맥의 능선 보현산 줄기를 탄
다. 보현(普賢). 새로운 지식과 지혜로 깨달음에
이르는 맥이다. 속리산(俗離山)으로부터 북으로 치
켜 오르는 보현의 줄기가 유연하게 휘어 감는다.
이 산줄기 아래 터를 잡고 시심을 적시고 있는 심
종화 시인, 언제나 새로운 나날에 새로운 마음을
펼치며 영화이길 기대하는 새영 시인의 시심이 싹
트는 자리다. 물 바람 꿈이 태어나 고개를 타고 오
르는 줄기, 숲에는 천수를 산다는 약수까지 솟아나
세상사 전쟁도 피해 간 평화로운 줄기다. 이 줄기
초입에서 펼치는 보현(普賢)의 시심, 그 어질고 현
명함이 두루 미치니 물줄기도 이쪽저쪽 생명을 품
도다. 그 품에는 이(理) 정(定) 행(行)의 덕이려니,

이치를 따라 바로 나서도다.

자기를 중심점에 놓고 상상력을 통해 새롭게 창
조해 가는 경험의 일부가 공감을 주는 시, 현실에
서 내면의 길을 찾아가며 자신의 그림자를 바라보
고 표정을 그리는 시, 순리로 삶을 맞고 보내기에
두려울 게 없어 숨소리도 편안하다. 하루하루의 자
각은 바람을 맞으면서 온갖 풍경 소리에 귀를 기
울이게 되고 가슴을 흔든다. 시인은 객지지만 고향
인 듯 평안하게 대문을 열고 오가는 이를 맞는다.
요즘은 농촌의 관계도 통해야 맺고 풀어진다는 사
랑을 바탕으로 한다. 그런 일상사에서 보고 느낀
감정을 이미지화 한 시, 시인의 여유와 질박한 마
음이 아담한 시로 맺어지는 정신적 흐름이다. 유연
한 서정의 깊이에는 울림 짙은 지혜가 있어서 아
름다움과 그리움이 상징의 숲을 이룬다.

이제 가을, 요즘 갑자기 엄마 생각이 간절하게
떠오르는 건 저물어 가는 황혼 의식에 마음이 약해
져서일까? 엄마는 오늘을 희망의 꽃으로 살아가게
한 숨결로 자기를 돌아보게 하는 원천의 길이다.
쉼 없이 떠나가는 나날에 저쪽과 이쪽의 거리를 단
축하면서 엄마로부터 위로받는 그리움을 펼친다.

2. 새겨보는 그리움

가을이 깊어진 골짜기에 까마득히 치솟은 감나무 끝 까치밥이 가슴 달군다. 엄마의 손매가 이쪽 저쪽 갈림길로 올라와 다시 만남을 감아 돌기 때문이다. 오늘도 내일을 향해 치고 오르는 그리운 마음을 드러낸다. 그리움은 누구인가? 질문에 한 치의 망설임도 없이 떠오르는 엄마, 단비 내리는 고갯마루에서 가고 오는 꽃과 잎이 보여주는 그리움 속에 엄마가 있다. 자기를 돌아보는 가을에 떨어진 감이 떫은 세월을 품고도 다디달듯 엄마를 닮았다.

들깻잎 노란 단풍이 들면
늦가을 어느 저녁이 생각난다
겹친 깻잎장아찌 떼어 밥을 싸주던

그리운 마음 들깨 가지에 걸어놓고
깻잎 단풍 몇 장 따서 실로 묶어
차곡차곡 항아리에 담는다
어머니 향기를 가둔다

어머니가 그리운 날
들기름 두른 깻잎장아찌 한 장 펴서
젖은 마음을 덮는다
덮어도 덮어도 마르지 않는 그리움이
오래 식탁을 서성인다

– 「그리움을 먹는다」 전문

해거름에 그림자가 길어질 때 뒤를 돌아보면 하나하나 이어지는 기억, 그중 혹 가슴을 치밀어 올리는 추억 하나, 어려웠던 그 시절이 아름다움으로 다가온다. 얼굴에 얼룩진 땀을 말끔하게 씻어내고 들녘을 물들이는 들깻잎의 노랑이 한없는 그리움을 새겨준다. 한 잎 두 잎 향기가 유난히 짙게 배어 나오면서 꼭 겹쳐있는 사랑을 한 장씩 떼서 담아주는 어머니의 손이 마음을 흔든다. 깻잎장아찌에서 배어 나오는 어머니가 그립다.

봉숭아꽃을 보면
열 손톱에 꽃물 들여주던 사람 생각난다

"첫눈 올 때까지 지우지 마"
그 말이 나를 물들였다

밤사이 그 꽃잎 날아갈까
두 손조차 잠들지 못하던 밤

손톱보다 가슴이 먼저 물들어
너의 발소리에도 괜히 붉어지곤 했다

물들였던 손톱이야
첫눈 올 때쯤 지워져 갔지만

네게 물들은 가슴은
지금도 지워지지 않고 있다

　　　　－「너에게 물들다」 전문

봉숭아꽃물을 손톱에 들이고 기다리는 사랑은 서서히 찾아온다. 참아야 이룬다는 깊이가 있다. 꽃과 이파리까지 어울려 꽃물은 진해진다. 쉴 새 없이 일하는 손가락을 쉬게 하면서 꿈을 이루게 하는 기다림, 첫눈이 올 때를 기다리는 희망, 꽃물 든 손톱은 서서히 초승달이 되어 사라져 가지만 보름달을 기다리는 기대는 영원히 잠들지 않고 있다. 봉숭아꽃이 물들인 가슴 속 그리움은 한 생 지워지지 않고 여전히 두근거리고 있다. 봉숭아꽃물과 한데 어울려 피어나는 심상이 부드럽다.

> 정강이뼈 같은 말이 있다
> 생각은 쏙 빼고 툭 던진 말
> 그 말이 목에 걸려 넘어가지 않는다
>
> 나는 누군가의 목에
> 내 말의 뼈를 걸쳐 놓지는 안았는지
> 뱉어내지도 삼키지도 못하고
> 평생 컥컥거리는 목으로 살아야 하는
>
> 나는 뼈 있는 말을 사랑하지 않는다
> 물렁뼈처럼 말랑말랑한
> 뼈 없는 당신의 입술을 사랑한다
>
> – 「말의 뼈」 전문

말에는 생각과 이상의 힘이 있다. 말은 마음의 창이다 또는 말은 칼보다 강하다는 속담처럼 말은 관계를 형성하는 핵심 요소다. 가치관과 정체성을 반영하면서 인간답게 살아가게 한다. 말의 뼈는 날카롭고 말에는 가시가 많아서 혀로 잘 골라 뱉어내야 한다. 가시는 자신을 다치게 할 뿐 아니라 다른 사람까지도 칼에 베이는 듯한 아픔을 주고 오랫동안 상처를 남게 한다. 말의 문인 부드러운 입술을 지향하고 사랑한다는 삶의 지표다.

　　　　영원히 널 사랑할게

　　　　유리잔 속에서 찰랑이던
　　　　영원히라는 말
　　　　깨지기 쉬운 그 푸른 언약을 붙들고
　　　　나의 발길은 비틀거리지도 못했다

　　　　마음 한복판에 쇠말뚝을 박아두고
　　　　단단하게 묶어두었던 말
　　　　그 말에 걸려 넘어질까
　　　　때론 금이 가고
　　　　산산조각 나려는 계절 앞에서
　　　　그날에 단 한 번의 맹세가
　　　　나를 버티게 했다

　　　　영원히 널 사랑할게

　　　　그 푸른 언약 하나 붙들고
　　　　비탈진 노을 길을 다 건너야 한다

　　　　　　　－「푸른 약속」 전문

영원이란 무엇인가? 깊이도 모르면서 말간 유리
잔 속 사랑에 끌려 발길 깊이 들였던 날, 영원히
사랑할게! 그 말에 집착되어 갇혀버린 발, 서글픈
날이 이어졌어도 아직 그 말은 쟁쟁 살아있어 마
음을 붙들고 있다. 그것은 오늘의 충실한 표정이
삶의 밭을 일구면서 그 힘의 가치가 여전히 궤도
를 이탈하지 않아 검증을 계속하고 있기 때문이다.
생각대로 다 말하지 못하고 말대로 다 이행하지
못하는 나로 시작하여 너 그리고 사랑으로 이어지
는 우리는 그새 노을이다.

> 사랑하는 이여
> 사랑에 물음표 생기거든
> 넓은 바다 높은 산만 보지 말고
> 들길도 걸어보렴
> 허리를 낮추고 보면
> 풀숲에 쬐그만 보라꽃
> 너처럼 물음표 달고 있지
> 사랑은 허리를 낮추는 일
> 물음표 맞물린 꽃반지 엮어
> 사랑을 묶어보렴
> 아름다운 마침표로 찍힐 거야
> 사는 길을 거닐며
> 물음표 떼어내면
> 마침표가 반길 거야

> － 「제비꽃」 전문

사랑을 이어가야 하는 삶이란 무엇인가? 안개 같은 그림이 그려지는 듯하다. 보라! 어디? 물음표를 바라보면 필연적으로 매달고 있는 점 하나에서 포근하고 밝아지는 꿈과 이상이 피어나 상쾌하다. 진실한 사랑으로 나를 생각해달라는 말에 또다시 물음표를 달아도, 허리 낮추고 손길 모아 꽃반지를 엮는다면 마침표가 될 영원한 사랑, 들길을 걷자. 진실의 씨앗을 심으면 다시 씨앗으로 돌아와 진실을 키우는 흙, 여리지만 산들산들 깃을 치면서 보라의 봄볕으로 부드러운 사랑의 마침표를 향해,

3. 고개엔 엄마가 쉰다

한 생을 구가한 서울 생활을 정리하고 귀촌한 터 소여리, 바람이 신선한 고개를 오른다. 여유를 가지고 느릿느릿 완만한 경사를 타며 휘적휘적 오른다. 이쪽저쪽의 방향이 등을 지고 떠나는 고갯길의 오르막이다. 파란 하늘, 파란 물, 파란 흙에 파란 잎새가 하루의 맛을 살린다.

새영 심종화 시인, 언제나 새롭다. 시시각각 촌음이라고 하는 순간이 새롭게 탄생하여 싱그럽다. 괴롬도 슬픔도 두려움도 없이 오직 진취적인 희망과 용기를 안은 '새영', 그 깊이의 새로움은 영광이고 영화다. 진실의 새로운 사랑은 영원하니까. 세

상살이가 한 참 속상할 때 그야말로 복잡다단한 도심 서울을 벗어나 산 좋고 물 맑은 신선의 터, 숨을 여유롭게 다듬는 골을 찾아 소소한 여유를 즐기라는 '소여'에서 통하면 아름다워지리라 '통미'를 내걸고 한창 향긋한 맛을 들이고 있다. 한동안 마을에 소란도 있었지만, 책임지고 앞서서 잘 풀어낸 지혜로 고요가 자리 잡았다. 정도의 길에서 지성이면 감천이라고 진실의 길을 주축으로 돌린다.

가을은 시간을 보여주며 자기를 돌아보게 한다. 가랑잎 날리는 고개의 깊이엔 엄마가 그리워 마음에 파도를 일군다. 울컥 치오르는 애절함, 어디서 왔는가? 누구인가? 어디로 가는가? 근원적 물음이 진을 치고 오르지만, 애당초 근처에는 가보지도 못하고 눈을 적셔 두리번두리번 사방을 재며 연륜을 돌린다. 가을의 공허는 허무한 구름이라는 걸 알 때, 떠나면 돌아올 거라는 바람을 일구지만 그건 숙명이고 그 뒤 고개에 자리한 노을 진 고독, 그게 고갯마루 빛으로 시간을 가득 채워 대궁을 올리고 그 끝에 '별이 된 이름' 엄마를 피운다.

별이 된 이름

초판1쇄 인쇄 2024년 10월 20일
초판1쇄 발행 2024년 10월 30일

지은이   심종화
만든이   박찬순
만든곳   예술의숲
         등록 2002. 4. 25.(제25100−2007−37호)
         주   소 · 충청북도 청주시 상당구 교서로2
         전   화 · 070−8838−2475
         휴 대 폰 · 010−5467−4774
         이 메 일 · cjpoem@hanmail.net

※ 이 책은 충청북도, 충북문화재단의 후원으로 문화예술육성
  지원사업의 일환으로 지원받아 발간되었음.